Er klopft auf den Deckel.
Keine Antwort.
»Na bravo«, knurrt der Meister.
»Schlafen, obwohl es schon dunkel ist!
Dir werde ich es zeigen.«
Er öffnet den Deckel und beugt sich über Max,
der in der Kiste liegt.
Sein Mund öffnet sich weit. Schnapp!
Max fährt hoch.
»Aua!«, schreit er.
Er ist plötzlich hellwach.
»Mein Ohr«, jammert er.
»Wieder ein Biss mehr.«
Der Meister gibt ihm einen Ohrring.
»Hier, zur Strafe!
Steck ihn zu den anderen.
Du hast ja ohnehin schon
eine ganze Sammlung.«
Die Ohren von Max sind
mit vielen kleinen Ohrringen verziert.
Er hat die meisten Ohrringe der ganzen Klasse.
Meister Fledermann beißt gern zu.
Und er teilt gern Strafen aus.
Max schaut den Meister böse an.
»Ich will keinen Ohrring!«
»Selber schuld!

Paul van Loon
Die Vampirschule

Loon, Paul ^van^ 9801-0510
^Die^ Vampirschule

Wie jeder kleine Vampir muß auch Max in die Schule gehen. Das ist eigentlich kein Problem, bis er eines Tages eine ganz besonders schwere Aufgabe bekommt: er soll zum ersten Mal jemanden beißen...

Inhalt

Noch ein Ohrring

»Aufwachen, Freunde der Nacht!
Die Sonne ist bereits untergegangen.
Der Unterricht kann beginnen!«
Meister Fledermann steht vor der Klasse.
Er läutet mit einer kleinen Glocke.
In der Klasse stehen keine Tische.
Auch keine Stühle.
Stattdessen stehen da sieben Kisten.
Plötzlich knirscht und kracht es im ganzen Raum.
Langsam öffnen sich die Deckel.
Die Schüler kriechen aus ihren Kisten.
Sie gähnen laut.
Alle haben lange Eckzähne.
Ihre Gesichter sind bleich.
Sie tragen schwarze Mäntel.
»Also gut«, sagt Meister Fledermann.
»Kisten und Schnäbel zu.«
Die Schüler schließen die Deckel.
Sie setzen sich auf ihre Kisten.
Meister Fledermann schaut sich in der Klasse um.
Eine Kiste ist noch nicht aufgegangen.
Der Meister geht auf sie zu.

Dann darfst du eben nicht verschlafen.
Jetzt ist es Zeit für den Unterricht.
Heute Abend müsst ihr alle raus.«
»Wozu?«, fragt Max.
Die anderen lachen.
»Der Max ist vielleicht eine Schlafmütze«, flüstert einer.
»Der weiß überhaupt nichts.
Darum hat er auch so viele Ohrringe.«
Meister Fledermann stampft mit dem Fuß auf den Boden, um für Ruhe zu sorgen.
»Heute Abend müsst ihr jemanden beißen.
Zum ersten Mal, ihr Träumer.
Genau so, wie ich es euch beigebracht habe.
Vor allem du, Max.
Und zwar richtig, sonst ...«
»Sonst was?«, denkt Max.
»Beißt er mir dann vielleicht das Ohr ab?«
Aber Meister Fledermann sagt nichts mehr.
Er zeigt zum Fenster.
»An die Arbeit!«
Die Schüler gehen zum Fenster.
Sie breiten ihre Arme aus und werden zu Fledermäusen.
Und dann fliegen sie zum Fenster hinaus.
Max natürlich als Letzter.

Das Geschäft

Max kreist über der Stadt.
Fliegen ist super,
wenn man eine Fledermaus ist.
Max liebt das Fliegen sehr.
Aber Beißen findet er weniger schön.
Max kann kein Blut sehen.
Er will niemanden beißen,
aber es muss sein.
Sonst wird Meister Fledermann böse.
»Also gut«, denkt Max.
»Schnell jemanden suchen
und dann nichts wie weg.«

Max fliegt etwas tiefer.
Er segelt über einer Straße.
Ah, da ist ja schon ein Opfer!
Es ist eine Frau.
Sie steht vor einem Geschäft
und sieht sehr vornehm aus:
Großer Hut, schönes Kleid und
hohe Stöckelschuhe.
Sonst ist niemand auf der Straße zu sehen.
Max landet sanft auf dem Gehsteig.

Er verwandelt sich wieder
in einen Vampir zurück.
»Also gut«, denkt Max.
»Jetzt werde ich sie beißen.«
Max würgt es im Hals.
Er will nicht.
Aber es muss sein – wegen Meister Fledermann.
Sonst bekommt er noch einen Ohrring dazu.
»Trau dich doch!«, feuert sich Max selbst an.
»Augen zu und reinbeißen.
So wie es uns der Meister beigebracht hat.«

Max schleicht sich ganz nahe an die Frau heran.
Er krümmt seine Finger,
als wäre seine Hand eine Klaue.
Seine Eckzähne leuchten weiß.
Die Frau merkt nichts, sie bewegt sich nicht.
Dann springt Max sie wie eine Katze an.

Eine Puppe

»Bäh, pff, wah!«
Max richtet sich schnell wieder auf.
Die Frau ist umgefallen.
Max verzieht das Gesicht und spuckt etwas aus.
»Pfui, Plastik!«, ruft er.
Die Frau liegt auf dem Boden.
Sie sagt nichts
und bewegt sich auch nicht.
Mit starrer Miene blickt sie nach oben.
Da öffnet sich die Tür des Geschäfts.
Zwei Männer kommen heraus.
Max versteckt sich schnell im Schatten
eines Baumes.
»Wir haben die Puppe vergessen«,
sagt einer der beiden.
»Sie muss auch noch hinein.«
Zusammen richten sie die Puppe auf
und tragen sie hinein.

Wenig später steht sie hinter dem Fenster.
Jetzt kapiert Max erst.
Das ist gar keine echte Frau.
Das ist eine Schaufensterpuppe!

Er hat einer Puppe ins Genick gebissen!
»Dumm«, denkt Max.
»Ich bin kein guter Vampir.
Zum Glück hat das der Meister nicht gesehen!«

Schnell fliegt Max davon.
Er macht sich auf die Suche nach einem anderen Opfer.

Groß wie ein Kalb

Eine alte Frau geht die Straße entlang.
Mutterseelenallein.
Sie trägt eine Handtasche.
Auf dem Dach eines Autos sitzt
eine Fledermaus und beobachtet sie.
Die alte Frau sieht sie nicht.
Sie geht weiter – ohne nach rechts
oder links zu schauen.
Max wartet noch einen Moment.
Es bleibt ruhig in der Straße.

»Die schnappe ich mir!«, denkt Max.
Es ist niemand in der Nähe.
Schnell verwandelt er sich in einen Vampir.
Er springt vom Auto herunter.
Leise schleicht er der alten Frau nach.
Wie ein Schatten folgt er ihr.
Sie hat einen sehr dünnen Hals.
»Eigentlich ist es nicht sehr verlockend,
da reinzubeißen«, denkt Max.
Aber es muss sein.
Er greift nach dem Arm der Frau.
Unvermittelt bleibt sie stehen.

Sie steckt zwei Finger in den Mund und pfeift laut und schrill.
»Hasso!«, ruft sie.
Hinter sich hört Max lautes Knurren.
Es ist ein bedrohliches Geräusch.
Max dreht sich um.
Da steht ein riesiger Hund.
Beinahe so groß wie ein Kalb.
»Oh, verflixt!«, denkt Max.
»Warum habe ich den nicht früher gesehen?«
Der Hund sieht ihn mit wilden Augen an.
Er knurrt noch immer.
Dann schnappt er nach der Hose von Max.
»Was ist denn das?«, fragt die alte Frau.
»Hast du einen Dieb erwischt, Hasso?
Warte nur, dir werde ich helfen!«
Sie greift nach ihrer Handtasche
und schlägt damit Max auf den Kopf.
Tschumm.
»Praktisch, so eine Handtasche«, sagt die Frau.
»Hilfe!«, keucht Max.
Er reißt sich los.
Wie ein Pfeil schießt er davon.
Er fliegt auf das Dach eines Hauses.
Die Frau schaut ihm nach.
»Ein seltsamer Dieb ist das«, murmelt sie.

»Der kann ja fliegen!«
Sie zuckt mit den Schultern.
»Komm Hasso, wir gehen nach Hause.«

Tränen

Über den Häusern steht der Mond.
Max sitzt in einer Dachrinne.
Er schaut hinunter.
Die Straße ist leer.
Es hat ein wenig zu regnen begonnen.
Alle Leute sitzen in ihren Wohnungen.
Max zittert vor Kälte.
Seine Jacke ist nass und seine Hose zerrissen.
Zum Glück ist dieses Hunde-Ungeheuer weg.
»Was soll ich jetzt tun?«, fragt sich Max.
»Alles was ich mache, misslingt mir.
Und es ist niemand mehr da,
den ich beißen könnte.«
Max ist verzweifelt.

Er blickt auf die Straße hinunter.
Der Regen klatscht auf die Dächer.
Plötzlich sieht Max jemanden.
Es ist ein Mädchen mit einem
Regenschirm.
Sie kommt ganz allein aus einem großen
Gebäude.
»Das ist meine letzte Chance«, denkt Max.

»Jetzt muss es einfach gelingen!«
Mit angehaltenem Atem nähert er sich ihr.
Ihm ist, als höre er sie leise weinen.
»Das wird ein Leckerbissen!«,
freut sich Max.
Ein bisschen leid tut sie ihm schon.
Es macht nicht viel Spaß,
so ein trauriges Mädchen zu beißen.
Aber es muss sein.

Max tippt dem Mädchen auf die Schulter.
Erschrocken schaut sie auf.
Sie hat Tränen in den Augen.
Max lacht und zeigt seine Zähne.
»Hallo«, sagt er.
»Ich bin ein Vampir.
Es tut mir leid, aber ich muss dich beißen.«
»Total verkehrt«, denkt er.
»So hat uns der Meister das nicht beigebracht.«
Schnell sperrt er seinen Mund weit auf.
Das Mädchen starrt auf seine Zähne.
Sie hat Angst, aber sie ist auch wütend
und schreit:
»Was?!
Zuerst hat mich meine Lehrerin bestraft.
Sie hat mich eine Stunde nachsitzen lassen.

Dadurch bin ich zu spät
zu meiner Ballettstunde gekommen.
Also wurde meine Ballettlehrerin böse.
Und jetzt das hier.
Ich halte das nicht mehr aus!«
Schnell schließt sie ihren Regenschirm.
»Hier! Nimm das!«
Der Regenschirm knallt Max auf den Kopf.
»Und das!«
Noch ein Schlag.
Max geht in die Knie.
»Und hier, noch einen!«, ruft das Mädchen.
Baff!

Max fällt auf den harten Boden.
»Willst du noch mehr?«, fragt das Mädchen.
Max schüttelt den Kopf.
Dann beginnt er selbst zu weinen.

Lange Ohren

Das Mädchen spannt den Schirm wieder auf.
Sie setzt sich neben Max auf den Boden.
Er hat Blut auf den Lippen
und eine Beule an der Stirn.
»Warum bist du auch so dumm?«, fragt sie.
»Warum willst du mich beißen?«
Max schluckt seine Tränen hinunter.
»Weil es sein muss.«
»Ach ja?«, fragt das Mädchen.
»Wer sagt das?«
Max macht ein verzweifeltes Gesicht.
»Meister Fledermann.«
»Das muss ja ein schöner Meister sein«,
sagt das Mädchen.
Max schüttelt den Kopf.
»Im Gegenteil.
Er beißt mich immer ins Ohr.
Ich hab schon fünf Bisse.«
»Was für ein Scheusal,
fast wie meine Lehrerin.
Die ist auch so streng.
Zum Glück beißt sie nicht.
Sie hat fast keine Zähne mehr.

Ich bekomme sehr oft Strafarbeiten von ihr.
Und sie zieht auch immer an meinen Ohren.
Sie sind schon ganz ausgeleiert, schau mal.«
Das Mädchen schiebt ihre Haare zur Seite.
Max schaut ihre langen Ohrläppchen an.
Da lässt sich leicht daran ziehen.
»Was haben wir nur für ein Pech«, sagt Max.
»Ich habe einen abscheulichen Meister
und du hast eine schreckliche Lehrerin.«

Er sieht das Mädchen an.
»Es tut mir Leid.
Ich wollte dich eigentlich nicht beißen.«
»Schon gut«, sagt sie.
»Ich wollte dich eigentlich auch nicht
verprügeln.«
Das Mädchen steht auf.
Sie hilft Max auf die Beine.
»Sind wir Freunde?«
Max nickt.
Sie geben einander die Hand.
»Ich bin Lilli«, sagt das Mädchen.
»Du kannst ruhig zu mir
unter den Schirm kommen.«
»Ich heiße Max.«
»Du bist also ein echter Vampir?«, fragt Lilli.

»Ich hätte nie gedacht,
dass es Vampire wirklich gibt.
Ist es schön, ein Vampir zu sein?«
»Manchmal schon«, sagt Max.
»Ich kann fliegen.
Und wenn ich will,
werde ich zu einer Fledermaus.
Soll ich es dir zeigen?«
Schnell verwandelt er sich in eine Fledermaus.
Er flattert eine Runde um Lillis Kopf.
Dann steht er wieder als Vampir vor ihr.
»Toll!«, ruft Lilli.
»Und was passiert, wenn du jemanden beißt?«
»Dann wird dieser Mensch auch
zu einem Vampir«, sagt Max.
»Er muss dann in der Dunkelheit leben.
Tagsüber schläft er.
Vampire vertragen nämlich kein Licht.«
»Das ist weniger schön«, sagt Lilli.
Max zuckt mit den Schultern.
»Man gewöhnt sich daran.«
Auf einmal schaut er traurig.
»Ach, das hat ja alles keinen Zweck!
Mein Meister will, dass ich jemanden beiße.
Vorher darf ich nicht zurück.
Es ist aber schon dreimal missglückt.

Was soll ich nur tun?«
Lilli schaut ihn mitleidig an.
Der Regen platscht auf die beiden.
»Weißt du was?
Du kommst erst einmal zu mir nach Hause.
Hier wirst du doch nur klatschnass.
Heute Nacht kannst du
in meinem Zimmer bleiben.
Vielleicht gelingt dir ja morgen ein Biss.«
»Von mir aus gern«, sagt Max.
»Ich habe jetzt keine Lust mehr,
jemanden zu suchen.
Und ohne jemanden gebissen zu haben,
kann ich ja nicht mehr zurück in die Schule.«
»Aber eines musst du mir versprechen!«,
sagt Lilli.
»Beiß mich nicht, wenn ich schlafe, in Ordnung?
Und auch nicht meine Eltern.«
Max lächelt.
»Abgemacht.«

Lilli sperrt die Haustür auf.
»Lilli, bist du das?«
»Ja, Mama«, sagt Lilli.
»Schnell die Treppe rauf«, flüstert sie.
»Es darf dich niemand sehen.

Auf meiner Zimmertür steht mein Name.
Versteck dich unter dem Bett.«
Max flitzt die Treppe hinauf.
»Bis gleich«, flüstert Lilli.
Sie geht ins Wohnzimmer.

Der Rucksack

Es ist Morgen.
Lilli öffnet die Augen.
Es ist noch dunkel in ihrem Zimmer.
Sie zuckt zusammen.
Ist da jemand, der sie beobachtet?
Dann erinnert sie sich wieder.
Es ist Max, der Vampir.
In der Dunkelheit leuchten seine Augen rot.
Lilli greift sich an den Hals.
»Nur keine Angst«, sagt Max.
»Ich habe dich nicht gebissen.
Das habe ich dir doch versprochen.«
»Hast du nicht geschlafen?«, fragt Lilli.
Max schüttelt den Kopf.
»Nein, ich schlafe erst, wenn es hell wird.«
Auf einmal gähnt er laut.
Ein Lichtschein dringt von draußen ins Zimmer.
Plötzlich wird an die Tür geklopft.
»Aufstehen Lilli, Zeit für die Schule!«
Lilli erschrickt.
»Oje, meine Mutter, versteck dich.«
Max sieht sich ängstlich um.
»Wo?

Es wird schon hell.«
»Äh, äh … hier, in meinem Rucksack«, sagt Lilli.
»Dort ist es stockdunkel.«
Max zögert einen Augenblick.
Dann verwandelt er sich in eine Fledermaus.
Schnell verschwindet er in Lillis Rucksack.
Gerade noch rechtzeitig.
Lillis Mutter steht schon im Zimmer.
»Beeil dich, Lilli.
Du kommst zu spät zur Schule!«
Lilli zieht schnell ihre Kleider an.
»Ich komme schon.«
Sie nimmt den Rucksack.
»Psst, Max, ich muss gehen.«
Keine Antwort.
Lilli öffnet den Rucksack.
Da liegt Max zwischen ihren Turnsachen.
Er schläft wie ein Murmeltier.
»Na gut, dann kommt er eben mit
in die Schule«, denkt Lilli.
»Er schläft ja doch den ganzen Tag.«

Die Klasse

Lilli kommt zu spät in die Schule.
Alle sitzen schon an ihren Plätzen.
Die Lehrerin sitzt hinter ihrem Tisch.
Frau Streng blickt Lilli böse an.
Sie trägt eine Brille mit Stahlrand.
Und sie raucht eine Zigarre.
Eigentlich heißt sie gar nicht Streng.
Aber Lilli nennt sie so.
Einfach, weil sie so streng ist.
Jeder hat Angst vor ihr.
Sogar die anderen Lehrerinnen und Lehrer.
Lehrerin Streng bläst eine Rauchwolke
in die Luft.
»Du kommst zu spät.«
»Ich weiß, Frau Lehrerin«, sagt Lilli leise.
Sie setzt sich hin.
»Stell deinen Rucksack neben den Tisch.«
Vorsichtig stellt Lilli den Rucksack ab.
Lehrerin Streng beginnt mit dem Unterricht.
Lilli schaut heimlich in den Rucksack.
Sie sieht nach, ob Max noch schläft.
Ja, er liegt ruhig unter ihren Turnsachen.

Lehrerin Streng schreibt Zahlen und Summen
an die Tafel.
Das Abschreiben ist natürlich mühsam.
»Blödes Rechnen«, denkt Lilli.
Sie schaut wieder in ihren Rucksack.
Max schläft noch immer.
Seine Flügel hat er um sich geschlungen.
Schnell macht sie den Rucksack wieder zu.
Plötzlich erschrickt sie sehr.
Lehrerin Streng steht direkt vor ihr.
Sie bläst Lilli eine Rauchwolke ins Gesicht.
»Was steckt denn da in deinem Rucksack?
Ständig schaust du hinein.«
Lilli antwortet nicht.
Die Lehrerin greift nach Lillis Ohr.
»Sag schon!«
»Au!«, schreit Lilli.
»Na, sagst du es mir endlich?
Was steckt da in deiner Tasche?«
Lilli hält es nicht mehr aus.
Ihr Ohr tut sehr weh.
»Ein Vampir!«, brüllt sie.
Die ganze Klasse beginnt schallend zu lachen.
Ein Vampir!
Die Lilli ist ein Witzbold!
Aber die Lehrerin lacht nicht.

Sie reißt Lilli den Rucksack aus der Hand.
»Nicht aufmachen, Frau Lehrerin!«, ruft Lilli.
»Er verträgt kein Licht.«
»So ein Quatsch«, schimpft die Lehrerin.
»Glaubst du, daß ich blöd bin?
Ich will sehen, was da drinnen ist.«
»Nein!«, ruft Lilli.
Aber Lehrerin Streng hört nicht auf sie.
Sie macht den Rucksack auf und sieht hinein.
»Was ist das?!«, fragt sie.
Dann schreit sie laut auf.
Zwei rote Augen starren sie an.
Max ist wach geworden.
Er flattert ängstlich mit seinen Flügeln.
Er verträgt kein Licht.
Plötzlich schießt er aus dem Rucksack heraus
und stürzt sich auf den Hals
von Lehrerin Streng.
Wild schlägt er mit seinen Flügeln.
Lehrerin Streng kreischt.
Sie greift sich an die Kehle.
»Au, er hat mich gebissen!«
Dann fällt sie mit einem Knall auf den Boden.

Küsschen

In der Klasse ist es totenstill.
Alle verfolgen die Szene mit
angehaltenem Atem.
Max flattert aufgeregt an der
Zimmerdecke herum.
Das Licht tut ihm weh.
Er will weg.
Lehrerin Streng liegt noch immer am Boden.
Sie hat zwei kleine Wunden am Hals.
Lilli greift nach ihrem Rucksack.
»Schnell Max, komm hier rein.«
Max flattert schnell in den Rucksack.
Lilli schaut sich in der Klasse um.
»Ich habe die Lehrerin gewarnt«, sagt sie.
Dann geht sie schnell aus dem Klassenzimmer.

»Ist die Schule schon aus?«,
fragt Lillis Mutter.
»Die Lehrerin ist krank geworden«, sagt Lilli.
»Arme Lehrerin«, sagt Mama.
»Gehst du in dein Zimmer
Schularbeiten machen?«
Lilli nickt.

Schnell läuft sie die Treppe hinauf.
Sie verschließt ihre Tür.
Dann zieht sie die Vorhänge zu.
»Psst, Max, komm heraus.
Jetzt ist es dunkel.«
Max kriecht aus dem Rucksack.
Er verwandelt sich wieder in einen Vampir.
»Puh, das war vielleicht knapp!
Beinahe hätte mich das Licht verbrannt.«
Lilli lächelt.
»Aber du hast Lehrerin Streng
ordentlich gebissen.«
Max schaut sie erstaunt an.
»Das ist wahr!«, jubelt er dann.
»Endlich ist es mir gelungen,
obwohl es gar nicht geplant war.«
Er fällt Lilli um den Hals.
»Ich könnte dich vor Freude beißen!«
Lilli macht schnell einen Schritt zurück.
»Lieber nicht.
Ein Küsschen kannst du mir geben,
aber nicht beißen!«
»Ein Küsschen, was ist das?«, fragt Max.
Lilli beugt sich vor.
Sie küsst Max auf die Wange.
»Oooh«, sagt Max überrascht.

»Das ist viel schöner als beißen.
Darf ich es auch einmal probieren?«
Lilli nickt.
Max küsst sie vorsichtig auf die Wange.
»Mmm, schön.
Können wir das öfter machen?«
Lilli kichert.
»Von mir aus schon.
Komm mich doch besuchen,
wenn du möchtest.«
»Es ist einfach unglaublich«, sagt Max.
»Dann sind wir also von jetzt an Freunde?«
Er nimmt einen Ring aus seinem Ohr.
»Hier, den kannst du behalten.«
Zusammen warten sie, bis es Abend wird.

Max geht zum Fenster.
»Ich werde jetzt gehen.
Danke für alles, Lilli.«
Er küsst sie noch einmal.
»Na, na«, sagt Lilli.
»Du bist ja wirklich
auf den Geschmack gekommen!
Bis bald.«
»Bis bald«, sagt Max und fliegt davon.

Die Vampirlehrerin

Max fliegt zur Vampirschule.
»Du kommst zu spät«,
schimpft Meister Fledermann.
»Viel zu spät.«
Max setzt sich auf seine Kiste.
»Dafür habe ich aber jemanden gebissen,
Meister.«
»Ach ja? Und das soll ich dir glauben?«
In diesem Augenblick klopft jemand
an die Tür.
Erst kommt eine dichte Rauchwolke herein.
Und danach eine Frau.
Sie trägt eine Brille mit Stahlrand.
Ihre Augen glühen rot.
»Das ist sie«, sagt Max.
»Diese Frau habe ich gebissen.«
Lehrerin Streng betritt die Klasse.
Meister Fledermann sieht sie böse an.
»Was suchen Sie hier?
Das ist eine Schule für Vampire.«
»Prima«, sagt Lehrerin Streng.
»Ich bin ab jetzt eine Vampirlehrerin.
Und ich komme, um hier Unterricht zu geben!«

Sie bläst ihm eine Rauchwolke ins Gesicht.
Dann lässt sie ihre Eckzähne sehen.
Sie sind lang und scharf geworden.
Der Meister ist vor Schreck
ganz blass geworden.
»Das geht nicht, ich bin hier der Meister.«
»Ach ja?«, fragt Lehrerin Streng.
»Dann will ich Sie einmal etwas fragen:
Was macht ein Vampir in einem Rucksack?«
Meister Fledermann macht plötzlich ein
dummes Gesicht.
»Das … das weiß ich nicht«.
»Sehen Sie«, sagt Lehrerin Streng.
»Sie wissen gar nichts.«
Sie packt Meister Fledermann am Ohr
und zieht fest daran.
»Setzen Sie sich hin und passen Sie gut auf.
Sie müssen noch viel lernen, Meisterchen.
Ab jetzt bin ich die Meisterin.«
Sie schubst Meister Fledermann auf eine Kiste.
»Aufgepasst, die Stunde beginnt jetzt!«
»Jawohl, Meisterin«, stöhnt der Meister.
Max kichert.
»Die zwei passen gut zusammen«, denkt er.
Der Meister dreht sich wütend nach Max um.
»Das ist deine Schuld!«, zischt er.

Aber Max ist schon zum Fenster hinausgeflogen
und verschwunden.
Zurück zu Lilli, um noch ein wenig
das Küssen zu üben.

Noch eine Vampirgeschichte von Paul van Loon

Paul van Loon

Der Vampirklub

Ralf und Alex sind Brüder.
Sie haben einen Klub. Einen Vampirklub.
Am liebsten erschrecken sie
die Mädchen in ihrer Straße.
Aber Lotte lässt sich nicht erschrecken.
Denn sie weiß alles über Vampire.
Da taucht Hugo auf.
Er möchte in den Vampirklub
aufgenommen werden.
Doch dazu muss er erst eine
Prüfung bestehen …

… und noch eine Vampirgeschichte von Paul van Loon

Paul van Loon

Wer hat schon Angst vor Vampiren!

Riki hat Ärger mit seinem großen Bruder Tim. Der will ihm sein Buch mit den Vampirgeschichten nicht borgen und lacht ihn nur aus. Tim behauptet schließlich, nur große Brüder hätten keine Angst vor Vampiren. Doch da hat er nicht mit Riki gerechnet. Denn der spielt ihm gemeinsam mit seinem Freund Max einen gruseligen Streich …

Aus dem Niederländischen von
Daniel Löcker und Alexander Potyka
55 Seiten mit zahlreichen Zeichnungen
von Hugo van Look
ISBN 3-85452-097-2

Picus Kinderbücher

Eine Detektivgeschichte von
Paul van Loon

Paul van Loon

Meisterdetektivin Micki Hammer

Das Gespenst in der Schule

Ein neuer Fall für Micki Hammer,
die Meisterdetektivin.
Pit sucht Mickis Rat, denn er wird von einem geheimnisvollen Gespenst verfolgt!
Micki geht der Spur nach
und stößt auf eindeutige Spuren:
grüner Gespensterschleim auf Pits Stuhl,
gefährliche Drohungen an der Schultafel
und schauerliches Gespenstergeheul in der Nacht.
Was für ein Glück, dass Micki weiß,
dass es keine Gespenster gibt, oder?

Aus dem Niederländischen von
Daniel Löcker und Alexander Potyka
61 Seiten mit zahlreichen Zeichnungen
von Jan Jutte
ISBN 3-85452-800-0

Picus Kinderbücher

Eine witzige Geschichte von
Rindert Kromhout

Rindert Kromhout

Oskars sonderbare Gäste

Oskar ist sehr tierliebend.
Er hat vor allem ein großes Herz für Tiere,
die er verlassen oder verletzt findet.
Die nimmt er am liebsten gleich mit nach Hause.
Seine Eltern verbieten ihm schließlich,
noch mehr Tiere anzuschleppen.
Da trifft Oskar auf der Straße zwei
vor Kälte schlotternde Landstreicher,
die vom Regen ganz durchnässt sind.
An diesem Tag kommt er
mit sonderbaren Gästen nach Hause …

Aus dem Niederländischen von
Andrea Kluitmann
61 Seiten mit zahlreichen Zeichnungen
von Jan Jutte
ISBN 3-85452-801-9

Picus Kinderbücher